公公和寶寶(一)

齊玉 編

再版序

編完《公公和寶寶》四集的兒歌之後，我發現自己好像變小了，開始喜歡跟小朋友聊天，唸自己編的兒歌給他們聽。在偶然的場合裏，每當碰到聰明活潑的小孩子，我都會藉機寫一首《公公和寶寶》裏的兒歌唸給他們聽，順道講解裏面的漫畫故事。看到他們聽完之後高興的樣子，內心總有說不出的喜悅。日前，在一場婚宴中，我同樣的為鄰座一位叫許靜怡的小女孩寫了一首我常寫的〈自責〉：「寶寶不讀書，想要玩嘟嘟。……」在我唸完之後，看著她那天真的笑容和可愛的表情，不禁回憶起二十多年前我的孩子們唸《公公和寶寶》兒歌時的模樣，往日的情景驀然浮現在眼前。

《公公和寶寶》出版至今，已經過了二十五個年頭。在這四分之一世紀漫長的歲月裏，在不知不覺中，我從自己孩子們的「爸爸」一躍而成了他們自己孩子時雨、雨澄和澄風的「爺爺」。每在聽到孫子孫女們朗讀我二十五年前所編的兒歌：「寶寶不讀書，想要玩嘟嘟。」公公說不行，寶寶就大哭。……」甚至看到遠在夏威夷才一歲多的孫子毛可安聽到「……想想不應該，自己打屁股」會伸出小手打自己屁股的時候，心中感慨萬千，恍如時光倒流，自己好像又回到了從前。

這套曾被選做幼稚園教材，也被列為小學優良課外讀物，且深受老師及家長肯定的《公公和寶寶》裏面有趣的漫畫和押韻的兒歌，可以代代相傳，似乎不受時空的影響。今日我當爺爺所感受到《公公和寶寶》的教育意義與昔日當爸爸所感受到的幾乎沒有兩樣。在對《公公和寶寶》教育價值的認知上，三民書局暨東大圖書公司劉振強董事長最早認同我的理念，至今還是一樣。為了讓《公公和寶寶》更為生動活潑，劉董事長決定重新編排，描繪上色。我因生平最熱愛的這套漫畫兒歌書獲得第二春而為讀者感到慶幸，我心中也滿懷感恩。

在《公公和寶寶》彩色版問世的今天，我要由衷的再度感謝我在西德唸書時教德文課的德國老師畢爾克(Birck)先生，他首次引領我讀《公公和寶寶》漫畫的德文原作 *"Vater und Sohn"*。感謝內人謝素玉昔日風塵僕僕到各小學推介這套書的辛勞。感謝我的四個孩子郁平、治平、健平和振平，他們是最早的《公公和寶寶》的讀者。感謝我的女婿杜章安、二媳林以涵和三媳林佳芸，他們對《公公和寶寶》的肯定給了我很大的鼓勵。感謝三民書局王韻芬小姐大力協助和編輯部工作伙伴的完美編排和美工設計。我更要再三感謝劉董事長，由於他的睿智卓見，《公公和寶寶》才得以出版，而今又推出彩色版。希望《公公和寶寶》不負眾望，能為孩童帶來快樂，為家長帶來啟示，為家庭帶來溫馨。

兒歌編者謹識

民國九十六年十一月十一日於臺南

序

本書中的漫畫取自德國 “*Vater und Sohn*” 一書，本應譯為「父親和兒子」，但由書中畫像看來，似乎以「公公和寶寶」較為合適，而念來也較親切。

當我在德國上畢爾克(Birck)先生的德文課，在課堂上第一次看到原書的時候，就發覺它是一本深具教育價值的兒童讀物。我那時的直覺反應是：我的孩子們如果看到這些漫畫，也一定和我一樣會很喜歡的。隨後我一篇篇寄回家去，果然不出所料，很受歡迎。後來我想也介紹給此地的華僑子弟們，於是開始編詞（因原書無兒歌），向「西德僑報」以筆名齊玉（係取我和內人名字毛齊武和謝素玉各一字）投了第一篇稿（即本書中的〈愛心〉）。幾天後，當時的主編羅漢強先生給了我肯定的回音，同時也賜予我很大的鼓勵。後來我陸續投稿，都蒙刊登，心中萬分感激。

爾後我又有另一想法：希望印成專冊，讓國內的兒童們也有機會看到這些有趣的漫畫，由圖畫做媒介，讓他們認國字、念兒歌，進而在無形中孕育求真向善的觀念。在我中途回國省親期間，曾向三民書局經理劉振強先生提出我的構想，他深表贊同，欣然相助，令我非常感奮。

回德後，我便開始設法「擠」出時間繼續編詞。那時正值初夏，景色宜人。每在假日黃昏，我總喜歡坐在公園湖畔的草地上，俯看水中戲游的野鴨，仰望天上飄浮的白雲，期望在大自然的懷抱裏，尋找出一條靈感的泉源，捕捉些適合兒童們朗讀的詞句。雖然在擬稿時，有時（例如寫第四篇〈原諒〉）心懷懺悔；有時（寫第廿四篇）滿腔悲憤，但是心中總存著一個願望：希望兒童們能從這本書裏的漫畫或兒歌得到一些啟示；也由衷的盼望父母們從其中領會些許感受，以寬嚴並濟、毋躁毋暴的態度對待孩子，以恕罰兼施、毋驕毋縱的方式教導他們。

就在這種希望的驅使下，固然寫作不涉及我所學的本科，但自以為這項工作和我在實驗室裏埋首工程研究一樣有意義，所以不斷編寫。有志者事竟成，終於在艱困中編好第一集，內心充滿了感恩。我感激在臺為我辛勞的家人，我感激關心我的好友，我感激鼓勵我的師長們。

編者謹識

民國七十年二月十三日於西德

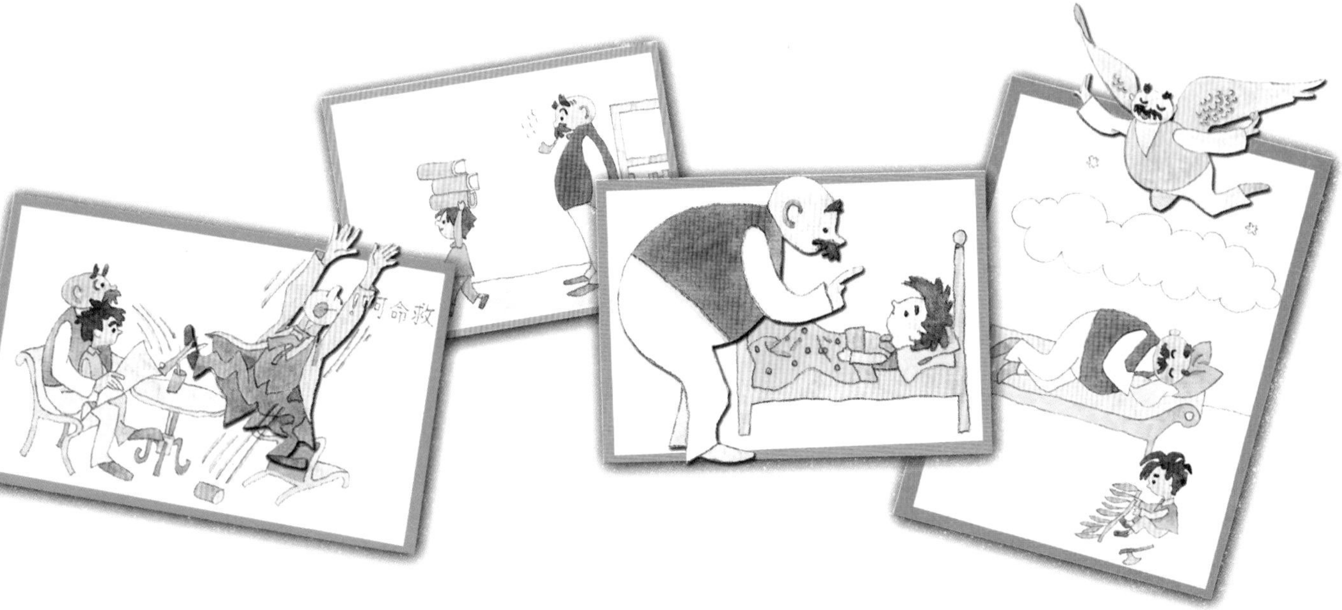

公公和寶寶（一）

目次

樹苗易長人苗難養

樹苗，樹苗，
從小就不怕雨雪，不怕風霜，自己會生長。
寶寶！寶寶！
小時候要依偎在媽媽的懷抱，
多少歲月，爸爸媽媽為寶寶辛勞，
一天天，一年年，
受盡了困苦煎熬，
才看到寶寶慢慢長高。

2
1
4
3

機智

公公大戰蒙面盜，
砰砰槍聲響不停，
寶寶聰明有機智，
地上丟個小圖釘，
強盜踩到腳板心，
躺在地上喊救命，
公公乘機跑過來，
把他捆得緊緊緊。

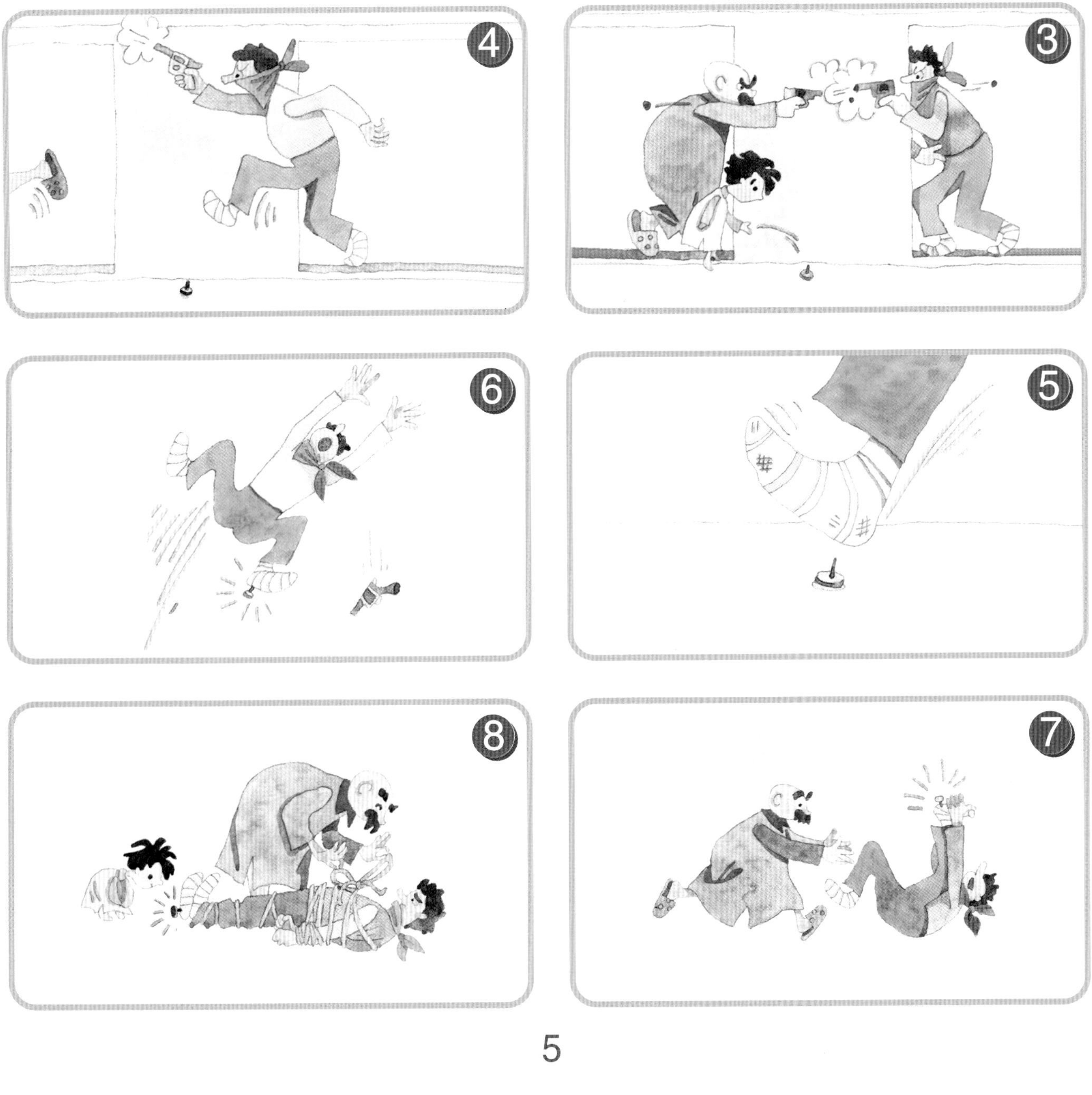
4
3
6
5
8
7

愛心

天上白雲緩緩飄，
地上綠草慢慢搖。
寶寶躲在樹後瞧，
看到一隻小白兔，
回頭忙把公公叫，
公公舉槍把兔瞄，
砰的一聲兔兒倒，
寶寶樂得蹦蹦跳。

一看兔兒死掉了，寶寶低頭不再笑。
提著兔兒回家去，眼淚不斷往下掉。

原諒

寶寶不小心，打破石膏像。
深怕受責備，哭得淚汪汪。
公公忙拍寶寶頭，真是好心腸。
「東西破了不要緊，
幸好你沒有受傷。」
撿起摔落的小標槍，
清清煙斗，好通暢。
「無意犯了錯，公公會原諒。
做事要細心，千萬別慌忙。」

3
4
5
6
7
8

補打

小孩一再犯錯，若是該處罰的，就不要放過，但是絕不可打頭或其他重要部位，打屁股、打腿都無妨。聽說有一位媽媽看到女兒考試的分數不高，一氣之下抓住女兒的頭髮把頭往牆上撞，用力太猛，撞成腦震盪，悔憾終生。

4

3

6

5

8

7

自責

寶寶不讀書，想要玩嘟嘟。
公公說不行，寶寶就大哭。
怕他繼續吵，公公讓了步。
想想不應該，自己打屁股。

「天下無不是的父母」這話的含義應是「天下沒有不愛子女的父母」，而不宜照字義解釋為「天下沒有毫無差錯的父母」。其實人非聖賢，孰能無過？有時父母依自己的情緒處罰小孩：高興時，小孩雖然故意犯了大錯，亦不過問；心情鬱悶時，小孩雖不小心稍犯小錯，就吼罵痛打，這都不是恰當的教小孩子的方法。

這幅漫畫的公公能自我反省，他想：「寶寶哭著要東西，就給他，這是很不好的教育，以後會養成他用哭的方式要東西的壞習慣。」所以站在鏡前自責，打自己的屁股。

不行!
不行!
不行!

該打

功課好難做，寶寶想不透，
口咬指頭，兩眼緊閉，直發愁。

最後公公為什麼被老師按在凳子上打屁股？
是公公替寶寶做完了功課？
還是公公把寶寶的功課都教錯了？
小朋友，你們猜猜看。

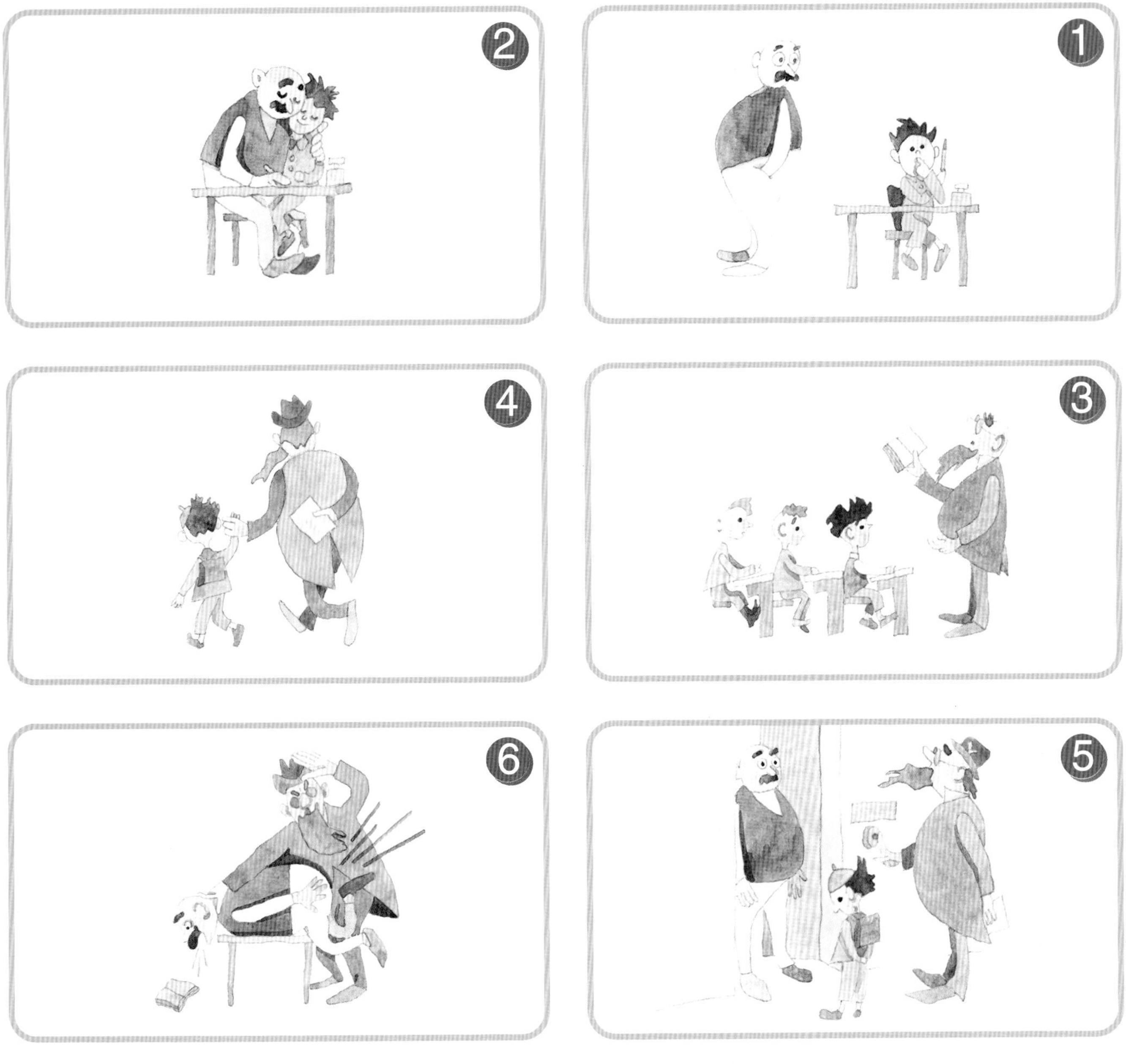
1
2
3
4
5
6

拋錨

大風吹得呼呼叫，
公公的帽子被吹跑。
帽子隨風滾，公公追不到，
真是太氣惱。
寶寶主意出得妙，帽子上面繫個錨。
大風呼呼吹，又把帽子給吹掉。
公公您別急，這次跑不了。
為什麼？原來拋了錨。

船用品

驚奇

寶寶看到地球儀，
出了一個怪主意，
公公很歡喜，
馬上動手做遊戲。
剪紙當衣領，
頭是地球儀，
走在大路上，
路人見了好驚奇。

2

1

3

鬼怪

最調皮的是寶寶，
想要開玩笑，裝鬼學鬼叫，
迎面衝過來，公公嚇了一大跳。
一不小心露馬腳，
那裏是鬼怪，原來是寶寶！
公公氣得直咆哮，
寶寶怕挨打，趕緊逃。

疑神疑鬼

上一次是寶寶故意嚇公公，這一次是公公和寶寶無意中嚇壞了別人。

小朋友，你們看那人臉上的表情變化，是不是很好笑？看他一副緊張兮兮的樣子，真像見到什麼鬼怪似的。你們知道他為什麼最後喊救命嗎？如果不知道，請從頭仔細再看一次。如果還看不懂，就請看看公公的鬍子吧。現在大家一定看懂了，原來那人心裏想：「怎麼這老公公的鬍子一會兒變多，一會兒又變少，過一會兒又變多，豈不是鬼怪

嗎？」他以為見到了鬼，越想越怕，於是乎嚇得兩腿發軟，大喊救命。公公寶寶也被他喊得莫名其妙，其實那增多的鬍子是寶寶的頭髮，公公那裏是鬼怪！

小朋友，世界上真有鬼怪嗎？沒有！如果有的話，那都是人裝出來的，或是自己心裏疑神疑鬼，產生可怕的幻想，才以為有鬼怪的，世界上絕對沒有鬼怪！聰明勇敢的小朋友是無所畏懼的，只有膽小如鼠的小朋友才會遇到一點點小事就大驚小怪，不知所措。所以我們說：「勇者不懼」，就是這個道理。

冤枉

公公夢見在天上飄，
自在又逍遙，
不禁樂得咪咪笑。
咦！寶寶怎麼在拔小天使的羽毛？
小天使，好可憐啊！痛得哇哇叫。
醒來一看，寶寶已經用羽毛做好印第安人帽。
真氣惱，打寶寶，
實在是莫名其妙。

1
2
3
4

臨機應變

寶寶拿著墨水跑，一不小心撞翻倒。
一塊新地毯，弄得一團糟。
公公好生氣，本要打寶寶。
沒想到寶寶智慧高，
早把墨跡塗成貓！
公公看了氣全消。
啊！真有趣，我也來一起描，
你看多美妙！

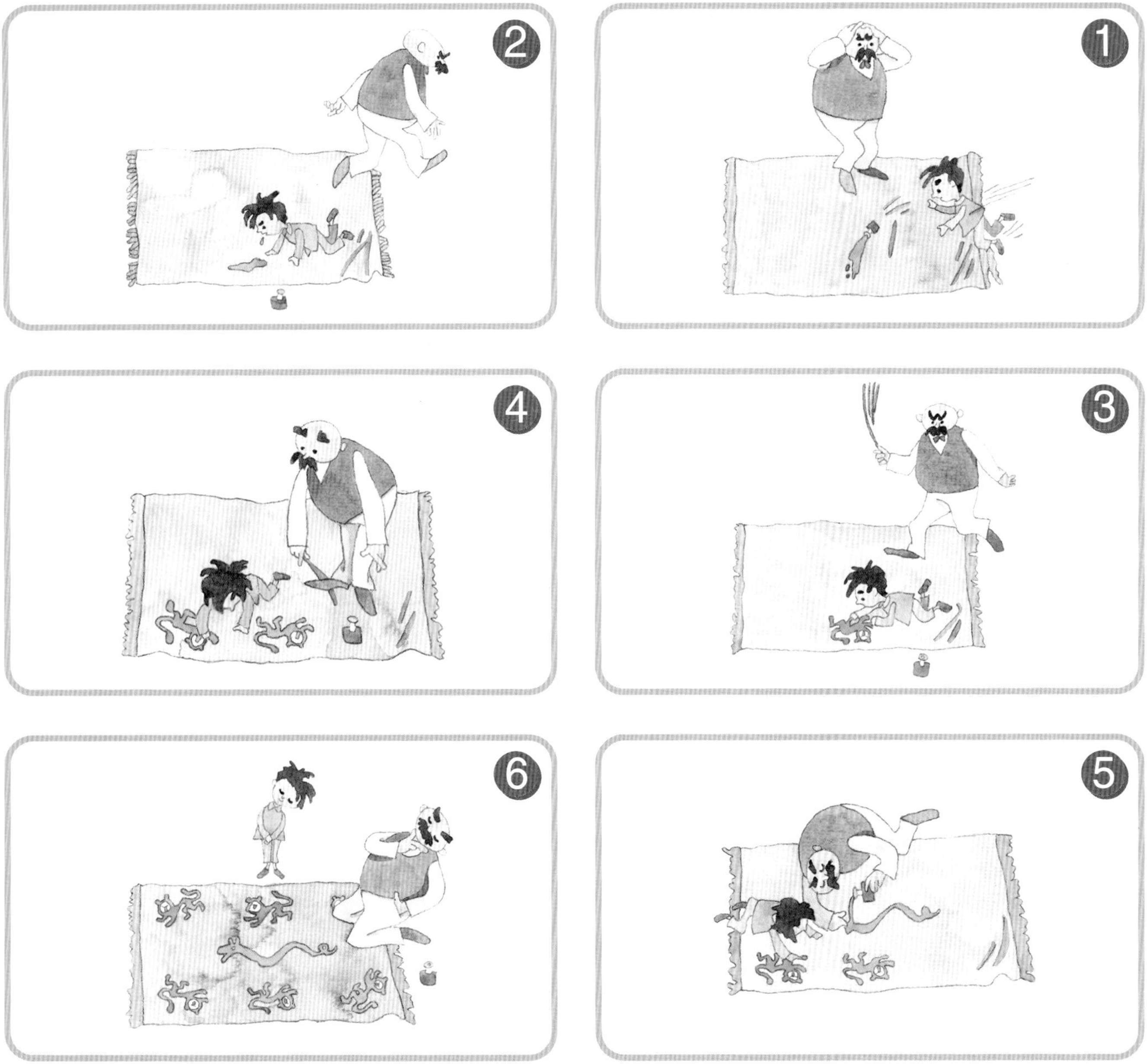
1
2
3
4
5
6

聰明的馬兒

馬兒好，馬兒好，
這匹馬兒真乖巧。
上山坡，用力拖雪橇，
下山坡，不用再辛勞。
這匹馬兒真乖巧。

1

2

調皮蛋

翹翹板，只准小孩玩，
公公卻不守規範，
玩得好欣歡。
看到有人要來管，
趕緊先遮大鬍子，
然後再把兩腿彎，
矮了一大截，
像個調皮蛋。

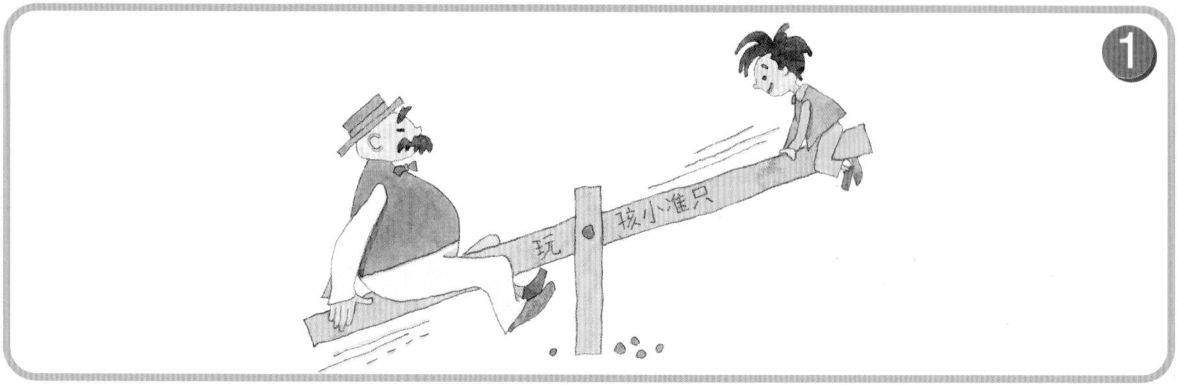

2
玩
孩小准只
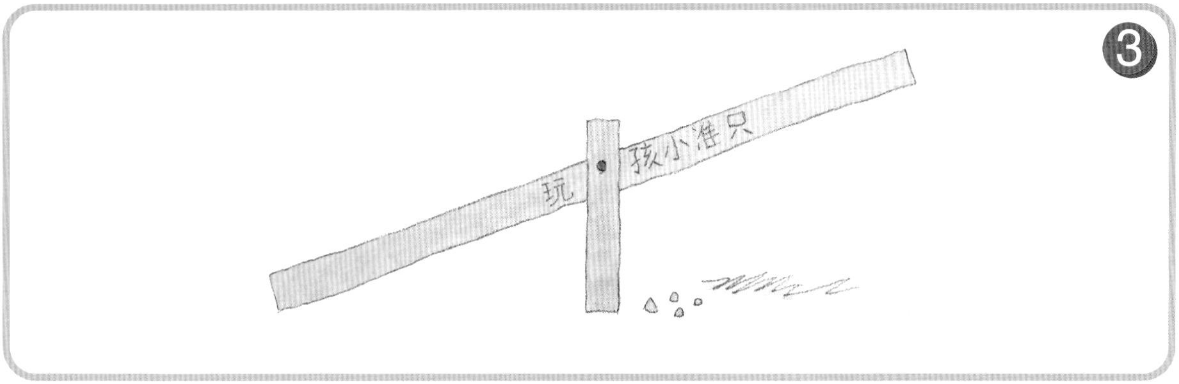
3
玩
孩小准只

4

放生

魚兒！魚兒！水中游，
不知漁網在後頭。
落到漁網裏，自覺命已休，急得直發愁；
寶寶不忍魚兒死，公公同意放牠走。
本以為重獲了自由，
誰知道，進了大魚口。

《世說新語》裏有一則故事，大意是：一位客人在宴席間看到滿桌的雞鴨魚肉，山珍海味，不禁讚歎上天，他說：「這些雞鴨魚肉都是上天為人而生，讓我們享用的。」席中有一位很聰明的小孩聽了，大不以為然，他立刻反問道：「我們都知道蚊子會吸人血，老虎會吃人肉。難道這也是上天為了蚊子要吸血，老虎要吃肉才生我們人嗎？」

各位小朋友，飛禽築巢而棲，走獸尋穴而居，自古以來，都是如此，從未有所改變，只有我們人會手腦並用，利用環境，開發自然，才能不斷改善我們的生活。我們不但要感激天生萬物，更要感激上天給予我們萬能的雙手和靈活的頭腦，所以我們應當好好珍惜，好好利用，好好發揮。

1

2

3

4

5

6

連狗都不睬

豆子燒焦了，不但寶寶不吃，連狗都不睬。

小朋友，燒焦的食物不要吃，因為其中的營養已經被破壞，吃了不但無益，反而對身體有害。讓我們一起來念：

樹苗要灌溉，才能長得高；
花兒要澆水，才會開得好。
蔬菜和水果，身體都需要。
若要長得壯，營養不可少。

1
2
3
4
5
6
7
8
9

大黃蜂

嗡嗡嗡，
嗡嗡嗡，
飛來一隻大黃蜂，
叮在食物上，真是討厭蟲。
寶寶氣沖沖，想要打黃蜂。
公公連忙說：「不行！不行！
做事別緊張，要輕鬆！」
「黃蜂！黃蜂！放你走，
別再煩我們，快去找花叢。」

黃蜂不識好人心，直往公公頭上衝。
螫了他一下，「哎喲！好痛！」
嗡嗡嗡！嗡嗡嗡！
又飛來了這可惡蟲。
寶寶說：「趕快放牠走！」
公公說：「不行！不行！
我的頭頂還在痛，這次我要打黃蜂！」

小朋友，大黃蜂會螫人，但是一般的小蜜蜂是不會螫人的，牠們是勤勞而可愛的小動物，牠們不斷的做工，從不偷懶。我們要學習小蜜蜂的勤勞，做事要努力，不可鬆懈。讓我們一起來念〈小蜜蜂〉。

小蜜蜂

嗡嗡嗡，嗡嗡嗡，
最勤勞是小蜜蜂，
每天不斷勤做工。
我們做事要努力，
我們要學小蜜蜂。
遇到困難別害怕，
挺起胸膛向前衝。

1
2
3
4
5
6

怕血還是怕水？

寶寶指頭受了傷，
鮮血滴地上。
公公看到心就慌，
頭昏昏，靠到椅子上。
寶寶叫不醒，好緊張，
拿起水龍頭，噴向公公的臉龐。
公公驚醒追寶寶，把剛才的事全忘。

1
2
3
4
5
6

中計

公公打掃庭院，
寶寶整理房間。
想出好妙計，
把琴拖到外邊。
有琴不好好練，
身在福中不知福，真可憐！

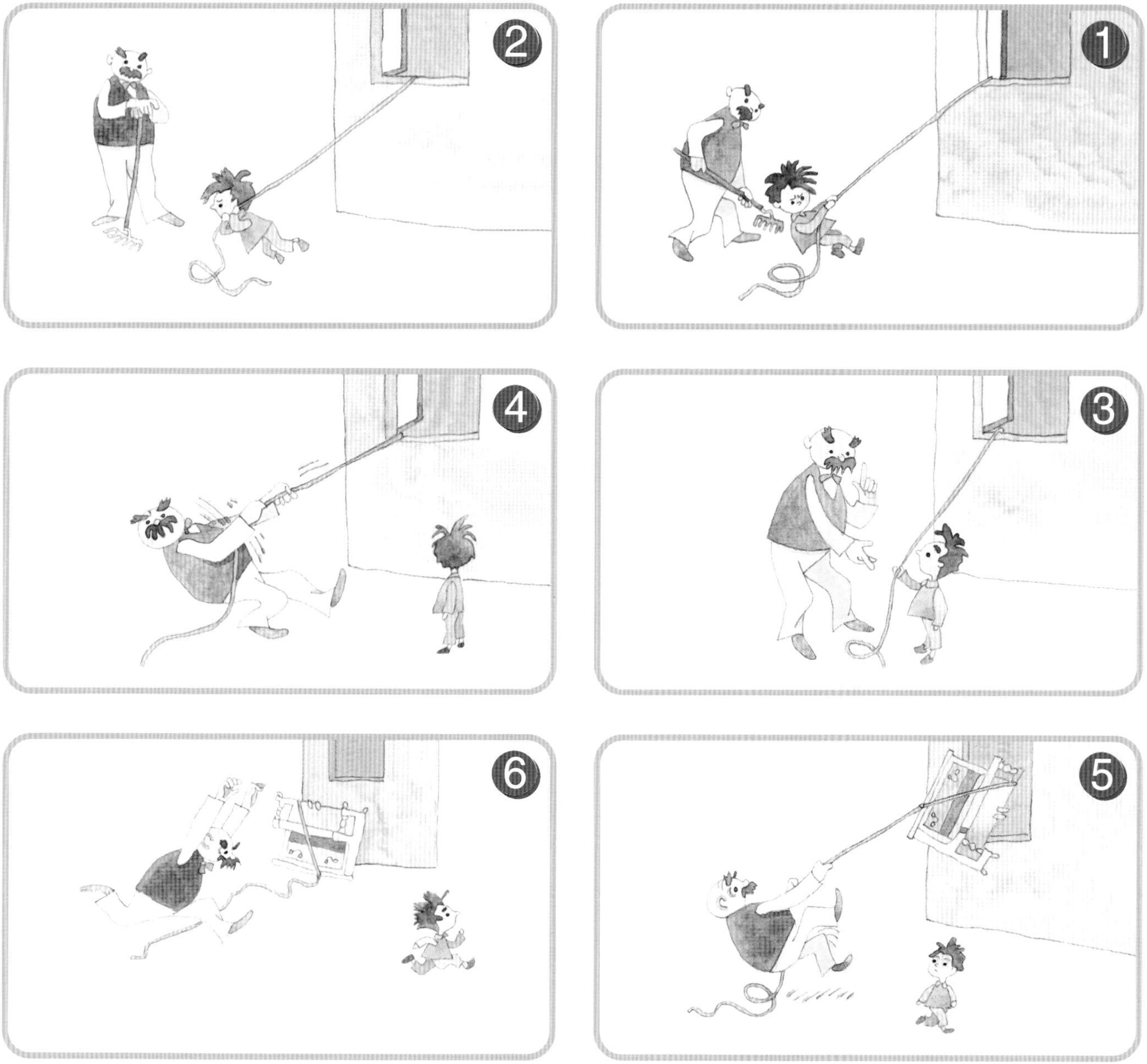
1
2
3
4
5
6

一拳成英雄

寶寶被撞倒，
坐在地上哭叫。
帶公公去尋找，
那人像個笨草包，
公公一揮拳，就把他擊倒。
大家齊歡呼，把祖孫抬得高又高。
一拳成英雄，真是想不到。
哦——原來他是個大強盜！

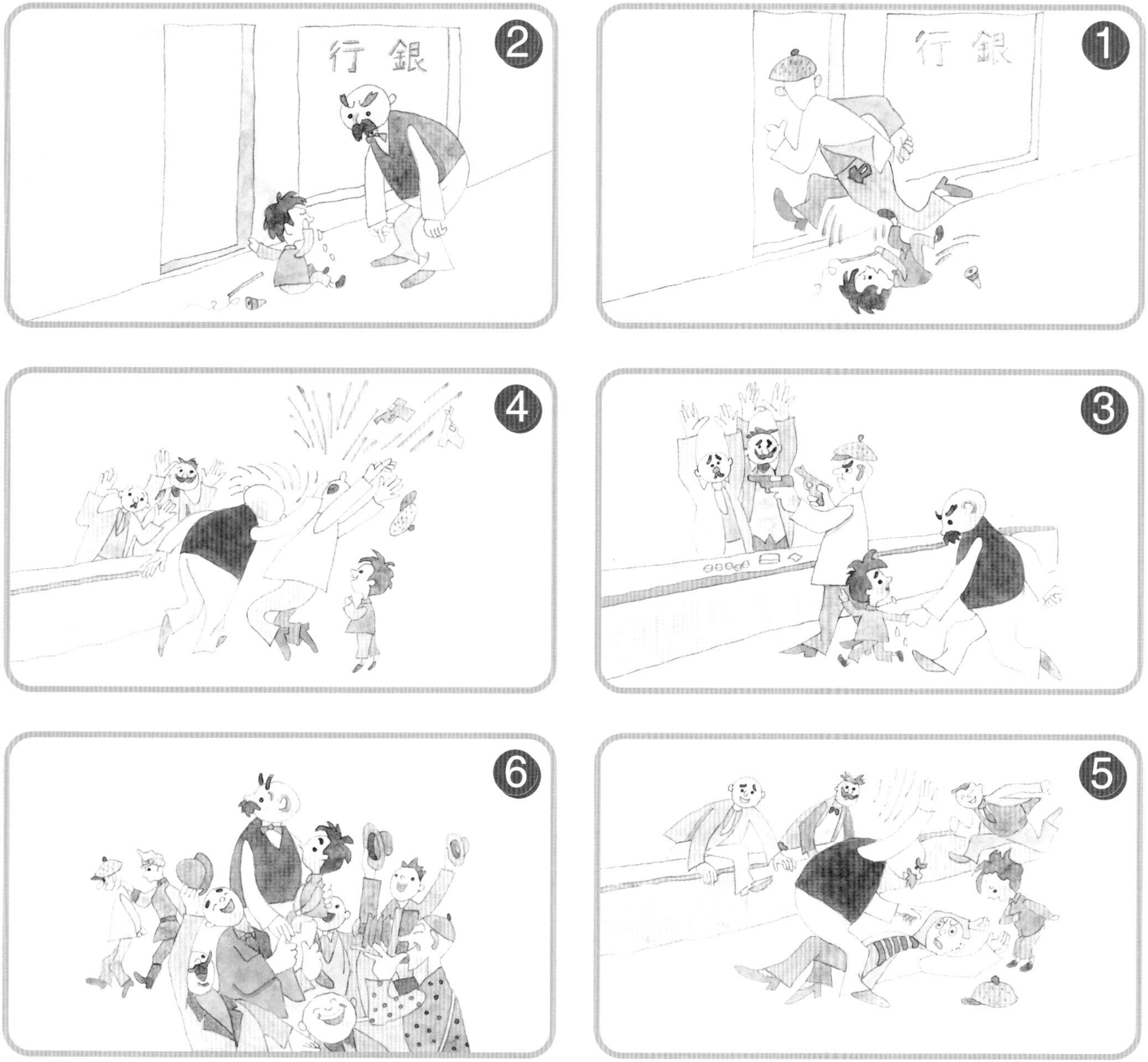
銀行
銀行

騎馬新術

自己得意時，不要太自誇，
別人倒霉運，別說風涼話。
凡事要盡力，事前有計畫，
假如不成功，再另想辦法。

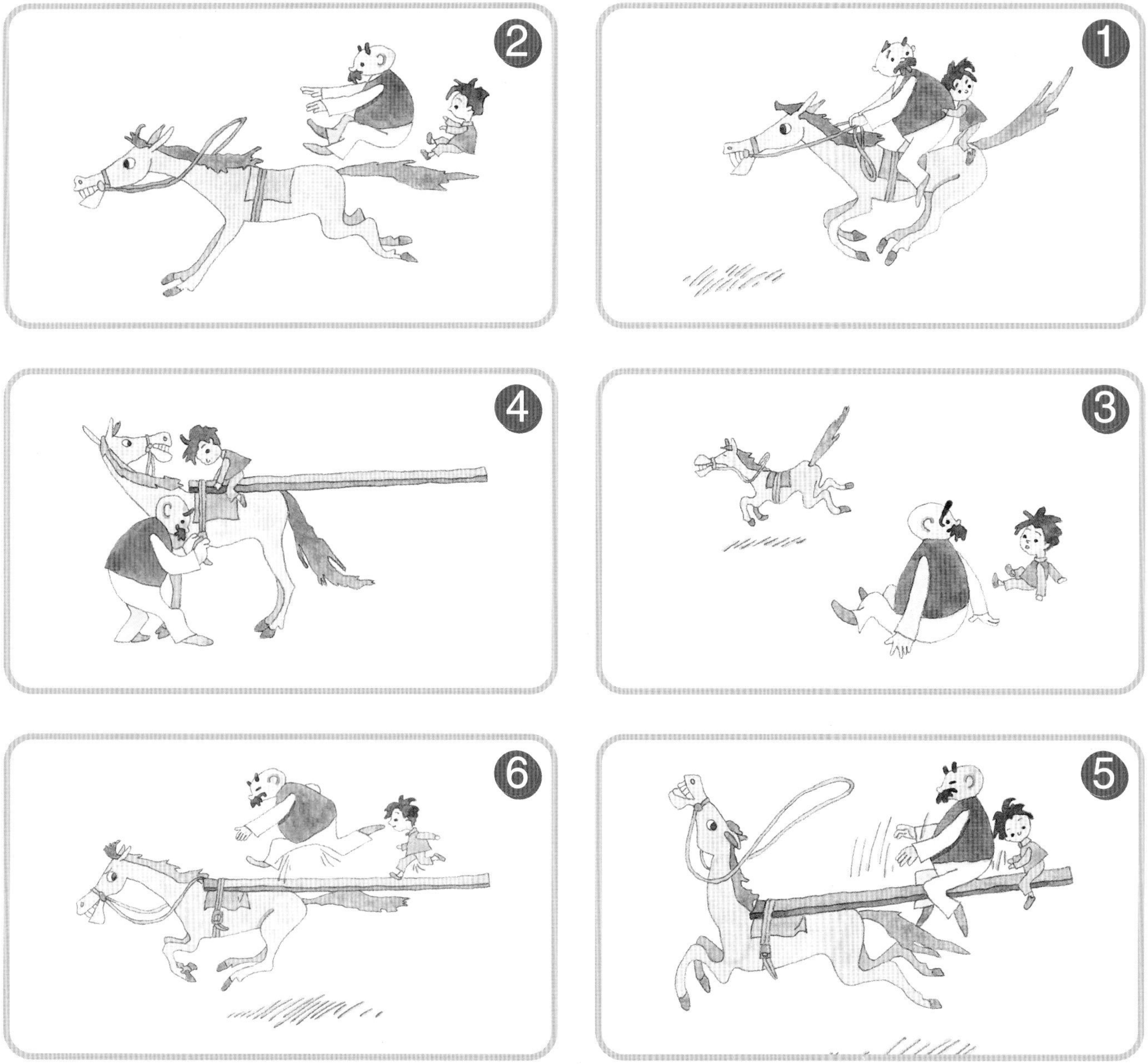
1
2
3
4
5
6

機會教育

香蕉皮，
不可亂拋棄！
滑倒了別人，
也滑倒自己。
亂丟果皮是惡習，
消除髒亂我們先做起，
環境衛生最重要，
別亂丟果皮。

隨地便溺像條狗

以前在上海的外國租界公園大門外，豎立了一個牌子，上面寫的是「狗和華人不准入內」。因為狗會隨地大小便，而外國人認為中國人不講衛生，所以不准狗和中國人進入公園。外國人把中國人與狗相比，簡直對我們是莫大的侮辱，我們能接受這種侮辱嗎？小朋友，我們大家一起來念：

衛生習慣要遵守，隨地便溺像條狗。
小朋友！切記在心頭。
別忘了，外國人曾把華人比成狗！
這樣的奇恥大辱，誰能接受！

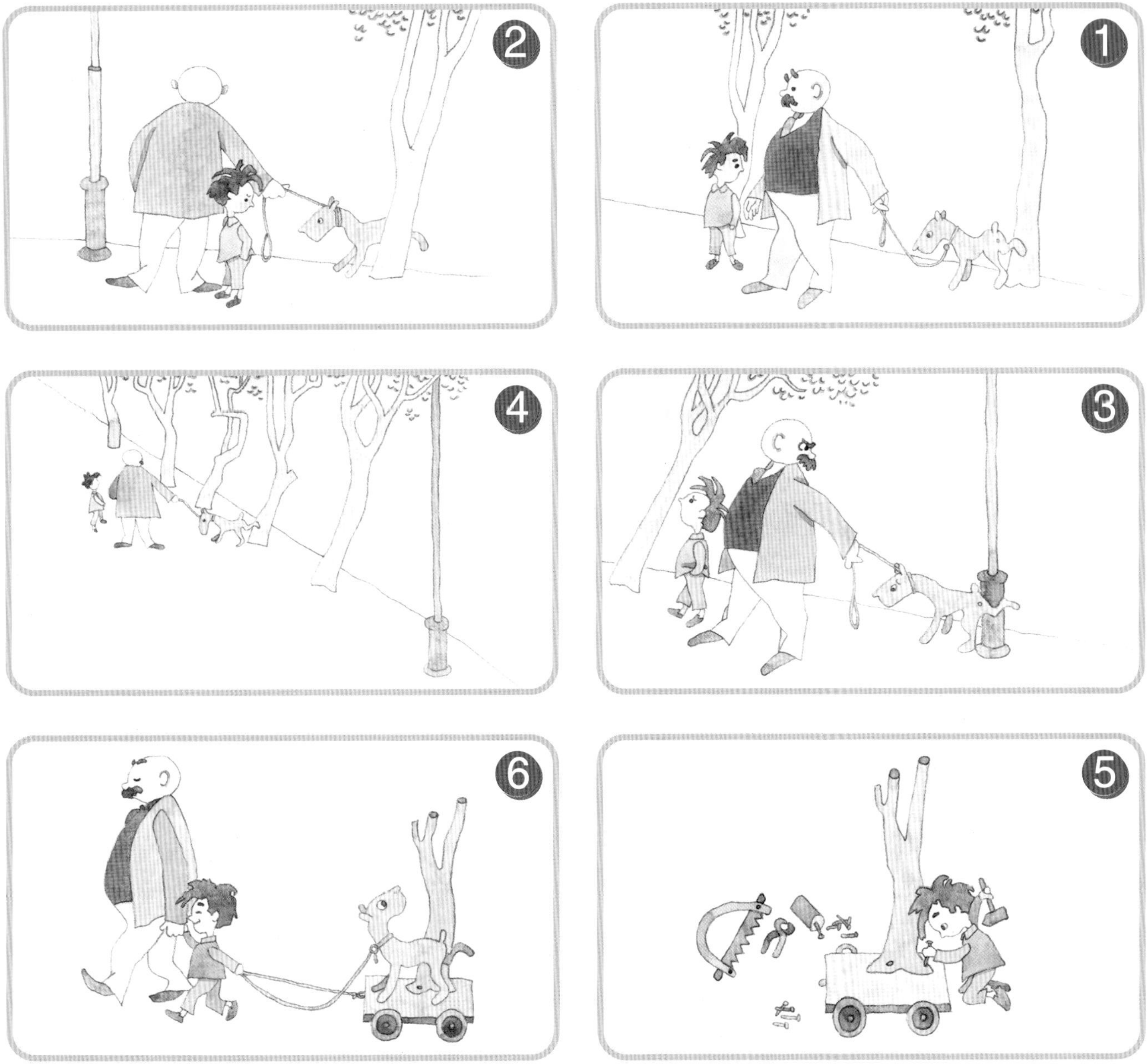
1
2
3
4
5
6

公公頭光光像夕陽

公公坐在沙發上，
寶寶看了起聯想。
椅背畫船畫水浪，
配上一個空相框，
成了一幅好景象。
原來公公頭光光，
遠遠看去像夕陽。

小朋友，大家一定聽過「大頭歌」：

大頭，大頭，下雨不愁，
人家有傘，我有大頭。

現在看到公公的光頭，我們可以把「大頭歌」改成「光頭歌」：

光頭，光頭，停電不愁，
人家有火，我有光頭。

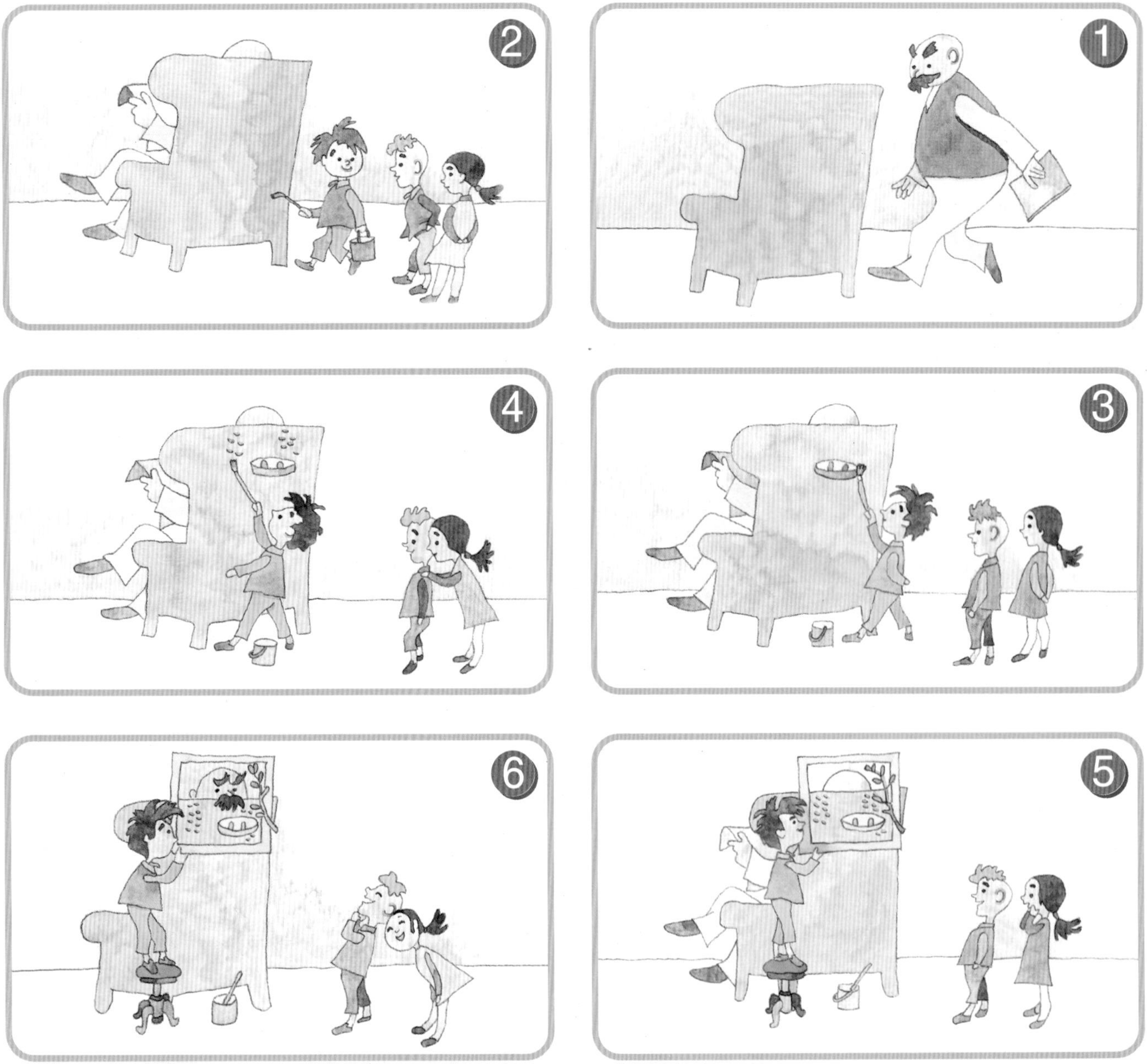
1
2
3
4
5
6

書到用時方恨薄

本來這句話不是「書到用時方恨薄」，而是「書到用時方恨少」，意思是說：當我們真正遇到問題，要解決困難的時候，才發覺自己所知道的太少，於是歎昔日書讀得不夠多。所以我們平時要多讀有益的書。好書不但能增加我們的智慧，而且還可以啟發我們的思路和創造力。讓我們一起來念：

讀書好！

讀書好！

讀書真正好！

書中有處事的指標，
書中有做人的大道。
好書讀了養心性，
壞書看了增困擾。
勸君惜取少年時，多讀書，
莫等將來，書到用時方恨少！

1
2
木偶奇遇記
3
4
5
6

抽煙傷肺又花錢

抽煙！抽煙！
傷肺又花錢。
公公年紀大，抽抽煙斗是消遣。
年輕的朋友們！莫等閒！
金錢得來不容易，莫把金錢化成煙。
身體好，是成功的要件，
若要身強體健，
吸入的空氣要新鮮。

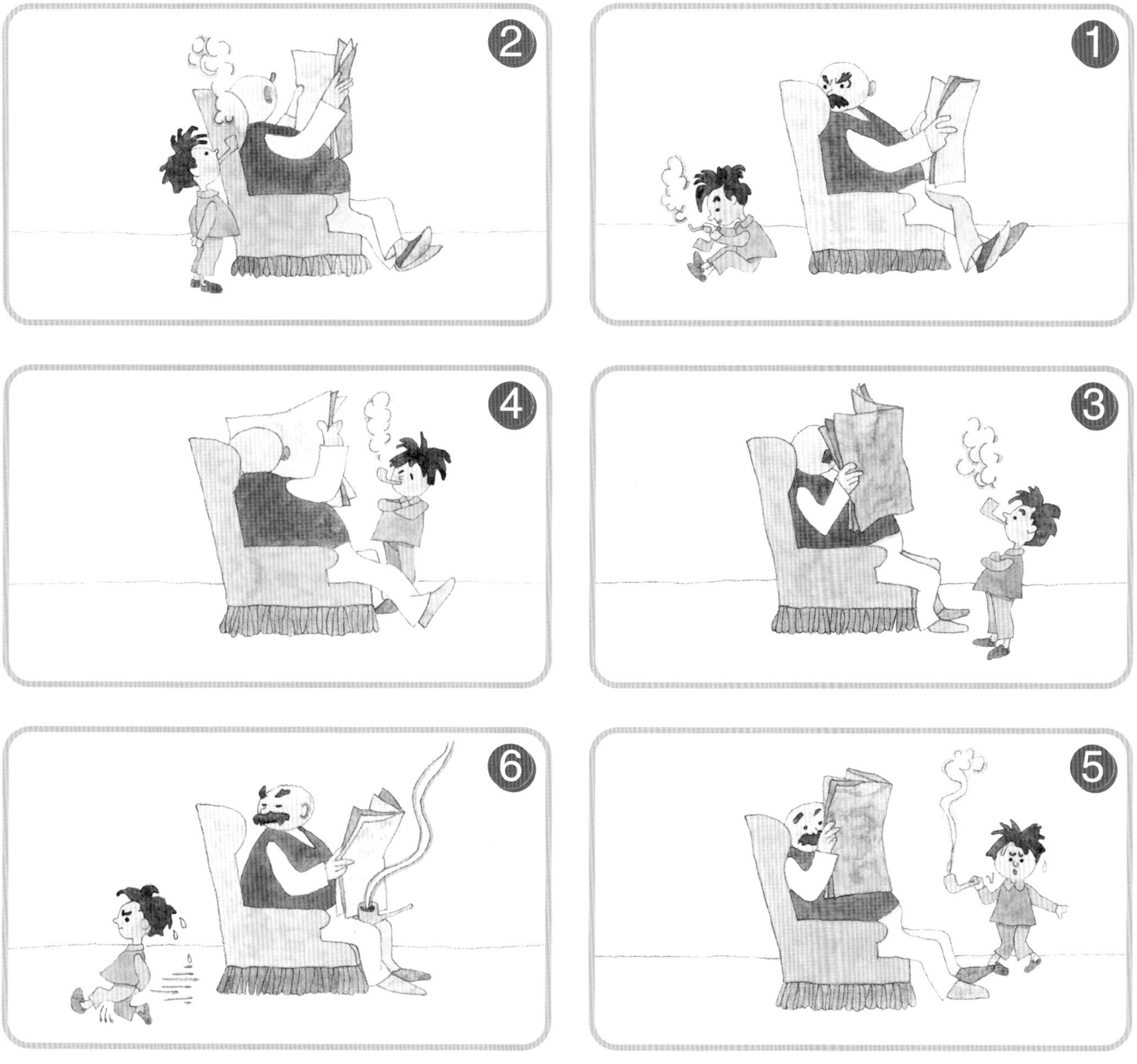
1
2
3
4
5
6

好書

好書人人都歡喜，
看久不但會著迷，
有時吃飯都忘記。
好書要多看，壞書當拋棄。
讀書時光不常在，我們要珍惜！

1
2
3
4
5
6

怎麼辦？

公公散步水池畔，寶寶逗著小白玩。

枴杖丟到池塘裏，小白勇敢游去含。

呆呆見了好心歡，手杖指給小白看。

使勁投到池中央，小白不理回頭轉。

急得他愁眉苦臉，目瞪口呆把腰彎。

公公寶寶也不管，看他自己怎麼辦？

1
2
3
4
5
6

公公頭像皮球

公公的頭，光溜溜，
好像一個大皮球。
寶寶上前踢一腳，咦！怎麼像石頭？
公公頭頂腫個包，圓圓滾滾像芋頭。
寶寶好歉疚，不禁把淚流。
公公說：「好寶寶，不要緊，
下次要小心，這次不追究。」

1
2
3
4
5
6
7
8

忘了葡萄乾

公公烤蛋糕，
忘了葡萄乾，
真煩惱。
寶寶摸摸頭，
想補救之道，
有了！有了！
這種方法妙不妙？

1
2
葡萄乾
3
葡萄乾
4
5
葡萄乾

陪寶寶睡覺覺

寶寶自個兒不睡覺，
纏著公公拚命吵。
要玩推車跑，
還玩特技操。
好了！好了！
乖寶寶，早點去睡覺。
不行！不行！
好公公，還要陪寶寶睡覺覺。

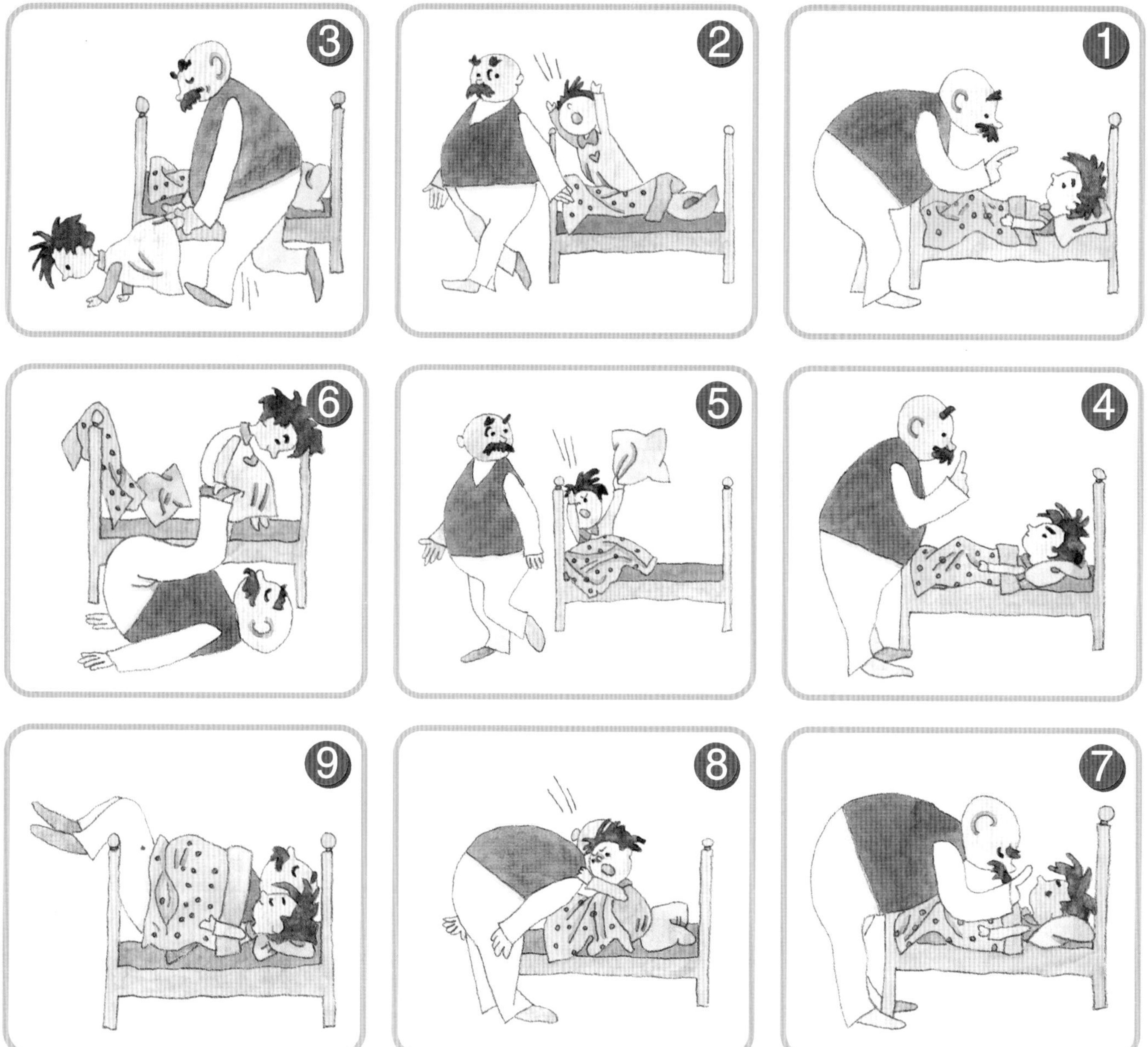

不愛上學好不好？

喔！喔！喔！公雞已報曉。
公公拿書包，叫寶寶，
早起上學校。
寶寶說頭痛，想要再睡覺。
公公忙照顧，把床弔起慢慢搖。
公公一轉身，寶寶盪得高又高。
「根本沒生病！快背書包去學校！」
請問小朋友，不愛上學好不好？

1
2
3
4
5
6

兒童文學叢書
·第一次系列·
童年無法NG，生命不能重來
三民書局最新出版
兒童文學叢書·第一次系列·
提供孩子生活所需的智慧維他命，
與孩子共享生命中的成長初體驗！

兒童文學叢書

每個孩子都是天生的詩人

您是不是常被孩子們千奇百怪的問題問得啞口無言？
是不是常因孩子們出奇不意的想法而啞然失笑？
而詩歌是最能貼近孩子們不規則的思考邏輯。

小詩人系列

- 現代詩人專為孩子寫的詩
- 豐富詩歌意象，激發想像力
- 詩後小語，培養鑑賞能力
- 釋放無限創造力，增進寫作能力
- 親子共讀，促進親子互動

國家圖書館出版品預行編目資料

公公和寶寶／齊玉編.－－修訂初版一刷.－－臺北市：
東大，2008
冊；　公分.－－(公公和寶寶系列)

ISBN 978-957-19-2922-4　(第一冊：平裝)
ISBN 978-957-19-2923-1　(第二冊：平裝)
ISBN 978-957-19-2924-8　(第三冊：平裝)
ISBN 978-957-19-2925-5　(第四冊：平裝)

859.8　　96022986

© 公公和寶寶(一)

編　　者　齊　玉
發 行 人　劉仲文
著作財產權人　東大圖書股份有限公司
發 行 所　東大圖書股份有限公司
地址　臺北市復興北路386號
電話　(02)25006600
郵撥帳號　0107175-0
門 市 部　(復北店) 臺北市復興北路386號
(重南店) 臺北市重慶南路一段61號

出版日期　修訂初版一刷　2008年1月
編　　號　E 940090
定　　價　新臺幣180元
行政院新聞局登記證局版臺業字第〇一九七號

ISBN　978-957-19-2922-4　(第一冊：平裝)

http://www.sanmin.com.tw　三民網路書店